晩鐘

尾花仙朔

思潮社

晩鐘

尾花仙朔

思潮社

晩鐘　目次

装幀＝思潮社装幀室

晩鐘

序詩

火の車輪が
秋の奥処《おくが》へと
駆けぬけて行った
今生のいのちの果てに
氷柱《つらら》の穂先が
鋭く光っている

——夢を見た

と思う間に

夢の淵から
襷掛け　血刀さげて現れた
詩歌の群れが
私に言問うたのです
詩歌とは
感性を磨く
無償の言霊への
愛であるのか？
それとも　神への
知的愛に
ほかならぬか？　と

I

命終の日に

水惑星ほろびる日には鳥獣《けもの》人の
たましい抱き合いて哭け

《一期の愛
　一会の慈悲》
と仮初に名づけられた
《現世《うつしよ》の大海原》をわたってゆく
——詩人とは
言霊の在り処をひたすら探し求めてゆく
孤独な漕役囚なのかもしれない

広い野原の芒の穂波に囲まれて
生生流転《しょうじょうるてん》の切岸に

危うく独楽のごとくに立っている

無心に明るい秋の昼下がり
ひそかに思う
《水惑星が滅びるとき
無量光の粒子となって
宇宙のかなた　久遠にかがやく
詩人の魂は
ありや　なしや》

命終《みょうじゅう》の日を数えているのだろうか
揚げ雲雀が　しきりに
雲の幕間
空の塋域《えいいき》を見え隠れしながら
囀りつづけている

砒素の舟

二十一世紀は
日本中どこへ行つても
花鳥風月
砒素の毒がしみこんで
いつの間にやら
大八洲《おおやしま》＊1は
原子番号33
原子量74・92を満載した
砒素の舟だ
守るも攻むるも黒金《くろがね》＊2の

軍楽隊がやってきて
大八洲の
天《アマ》ノ港《ミナト》に後光がさした
と思いきや
ふと気がつけば
若者と子どもはみんな神隠し
哲学者もいた
俊敏なる評論家もいた
詩人もたしかにいたのだが
いたはずだが
いつしか
ト音記号（𝄞）は　やしろ（⛩）の記号にすりかわり
若者と子どもはみんな神隠し
楽譜のやしろに
神隠し

知らないうちに?
知らないうちに?

＊1　日本国の古称。
＊2　黒金＝鉄の古称。十五年戦争時に謳われた軍艦マーチのフレーズ。

お日さまの円屋根《ドーム》に亡霊が……

国のかたち
天地《あめつち》の霊が　柱をめぐり
目合《まぐわい》して
点々と滴り成った　産土《うぶすな》の
虚空
お日さまの円屋根に
あれ　亡霊が立っている！
と影のない子らが　口々に
叫んでいる

子どもの夢想が膨らむ
団地の砂場
積木の町に（オルゴールが鳴って
空缶の家に（天使の呼鈴《ベル》
庭の園には（花が咲き乱れて
食卓の器に（言葉の蜜が漂い
団欒《だんらん》の萼《うてな》は（甘い香りがする
蟻が列をなしてやってくる
白い蝶　黄色い蝶がとびかい
鳥籠で小鳥が囀る
なにもかも満ちたりた
そんな至福の時刻だ
お日さまの円屋根に亡霊が顕《あらわ》れ
影のない子らが叫ぶのだ

台所で昼餉の支度をしながら
母親の一人が　ふと不安になる
（幻聴？）あの声は誰？
あれは何んなの？
ふいに軍靴《ぐんか》の音がきこえ
首のない馬が　つぎつぎと葬列のように
台所をよぎってゆく
母親は　おびえて広場にとびだす
坊や！　家に入って…　坊や！
だが広場には誰もいない
砂場をみて　母親は驚く
暴風雨か　大洪水があったらしい
無数の蟻が溺死している
蝶の羽が破れて屍が重なりあっている
壊れた鳥籠の柵が小鳥の咽《のど》に刺さっている

母親の悲鳴に
団地の他の母親たちは　ようやく
異変に気づき
いっせいに広場にとびだしてくる
――これは　いったい何んの惨劇？
わたしの　わたしたちの息子は？　娘は？
まるで恐ろしい神隠し
一瞬のうちに何処へ消えてしまったの？

後の祭り
昼の寓話はそうして人知れず閉じられる
影のない子らが　必死に
親たちの意識の暗がりに向って
叫んでいるのに

のどかな団地の休日
母親たちは味覚の湯気に包まれ
父親たちはゴルフのまねごとに懸命
子どもらは個室でテレビ・ゲームに夢中だ
平和な産土の
虚空
お日さまの円屋根に亡霊が浮かび
国のかたち
もう壊れてしまうかも知れないのに

彌生

梅に鶯というけれど
その日　桜並木は満開で
花見鳥が
鶯がきて　桜並木でホーホケキョ
ホーホケキョと啼いていた
どうやらそれは裏声で
君が代を歌っていたらしい
君が代の歌にさそわれて
いつかこの道を通って行った
徴用軍馬の亡霊が

よよよよと現れてくる気がした
いや　ほんとうに現れて
胴はおぼろ脚も朧に項垂れて
うなだれてゆく桜並木の花蔭を
顔のない女《ひと》があるいてゆく
春の陽気にさそわれて腐刻画からぬけだした
顔のない女の後からは
むかし昔の小娘が
日の丸の手旗かざした小娘が
歌いながら追って行く
　いつまで待ってもかえらない
　南の島から還らない
　父《とと》さま花に化《な》ったげな
とんとん　足を踏みならし
歌をうたって追って行く

さくら　さくら
彌生の　さとは
　みわたすかぎり
見渡すかぎり桜の花が咲いている
だが花見鳥には
鶯には　長閑《のどか》な春の本当の姿色《すがた》がわからない
危うい世界がわからない
だんだん彌生は薄ぼんやりと
うすぼんやりと霞んでいって
馬が消えて
女が消えて
小娘が消えて
でもその日　世は泰平
あれ、さくらが満開よ
と人らみな

上の空の花ざかり
うらうらとした
春の日和だ

問わず語り

外の世に
隠れた
虹を探しています

無頼な〈時〉は息絶えたのに
ついに還らぬ愛しい方の
〈悲〉の記憶はしんしんと
霜の身の
生の籬に降りつもり
また　夜っぴて降りしきる

銀河流星群に見舞われて
喪色の女《ひと》は占象《うらかた》の
彼岸の館に引き籠り

《まぼろしを誘い
まぼろしを眠らせ
まぼろしと語らい
まぼろしを眠らせ
それなのにわたしは
とても不安で
眠られない》

という　かのひとの便りを手に
晨《あした》　夢の渚にたたずみながら

いまだに戦の絶えない世界の何故？
何故の行方を探しています

雀ごろしは人ごろし

人ごろし、という花をみました
化物の顔をした　伸び縮み自在な
ろくろっ首の怖い花です

《おまえの庭に咲いていているよ
——起きて御覧》
と黒い神が枕辺に顕れて告げたのです

その夜の庭は
黄泉《よみ》の汐がひたひた寄せて

沈没した戦艦の錆びた砲身が
そこここに姿を曝し
大きな戦で滅びてしまったあとの
荒廃した世界を思わせる
不気味な静けさでありました

御詠歌でしょうか
呪文でしょうか
庭のどこからか声明声《しょうみょうごえ》がきこえます
恐恐《こわごわ》と目を凝らし
ふたたび庭を覗いておどろきました
庭は変じて
苔むした刑場の跡のよう
断末魔の手が　そこここに

空を掴んでおりました

あまりの異様な光景に
息をのんでみわたしますと
暗闇で燐色の光を放つ
ろくろっ首の人ごろしが　いつの間にか
庭の周りをぐるりと囲み
雀の子らが　ひそひそと
額を集めているのです
（何事かと見ていれば）
ああ　少年の日のぼくによく似た
首のひょろりと長い男の子が
きのう謂《いわ》れなく捕えて殺《あや》めてしまった
親の雀の亡骸《なきがら》に取りすがり
熱い泪をふりそそぎ

泣く泣く
手甲脚絆をみんなで着けていたのです
亡骸のそばに
小さな銀の杖

戦禍そして野分の跡

戦禍の熄《や》んだ空の下で
嵐に薙伏せられた芒穂のなかから
仄かに光りつつ浮かびあがってくるものがある
嫋かに悲運に耐えた
羽に傷負う可憐な蝶の瞳であった
《そなた　秋の遺品のような瞳なのね》
と囁いて
両の掌に震える蝶をやさしく包み跪き
祈るように世界のはてに向っている
うら若い尼僧の姿をみた

II

幻在地

虚《うろ》ふかく匕首のごときもの忍ばせて生命線に樹《た》つ花空木

《なぜ生きるのか》
――一日の始まりを包むこのむなしさ
わたしの胸の洞にこだまする
この非在の場所から
朝　名の知れない一羽の鳥がとび立つのだ
名の知れない鳥は
未来の
幾世紀もの日をめぐり
時をめぐり
夕べ血染めのそらのはてから

何かに打ち拉《ひし》がれたような
ひどく疲れた貌をしてもどってくる
《天と地の間《あわい》に空木の花が咲いていた》
と　咥《くわ》えてきた花の芽をぽとりと落とし
そしてわたしに語るのだ
かつて正義をかざした虚妄の大戦があった
夥しい殺戮と飢餓の災禍であった
それでも日は宙空に光彩を飾り
下天*の内を時は幾世紀も移り変ったけれど
世界はやはり乱世のままだった
お前が描いた優しい世界は
ほんとうに在り得るのか？
まこと人の世に顕れ得ることなのか？
一睡の幻影
一場の春夢ではなかったか？

と　鹹《から》い問いを身命に深く
匕首のように忍ばせて

＊［佛］下層の天。（中略）四王天の一昼夜は人間界の五十年に当り、対比して人間の命のはかないことを表す。（広辞苑）

血の涙が

茜雲がそらに浮かんでいる
この同じ世界のそらの下で
権力の夢魔に憑かれた者たちに因る紛争や
民族・宗派の抗争と戦禍に曝され住処《すみか》を失った人々の
血の涙が凝りとどまっているような茜雲
茜雲が動かずに浮かんでいる
まるで仮死者のようだ
この同じ世界のそらの下で
平穏な国の人々が生きるしあわせとは
夕べなごやかな食卓を囲む団欒の

ささやかな営みの座に帰ってゆくことだろうか
きょうも何処か遠くで夕べの鐘が鳴っている
《愛とは何か？
　生きるとは何か？》
と問うように夕べの鐘が鳴っている
その韻にわたしはふと心揺れ不安におののく
《人は人をほんとうに愛することができるのか？
　おまえはほんとうに人を愛することができるのか？》と
この同じ世界のそらの下で
この月もまた無惨なニューズがわたしの心を震憾させた
イスラエルでアフガニスタンでナイジェリアで自爆のテロルが相次いで
報復の連鎖が無辜の民の命を奪った
この救いのない人の世の
虐げられた人々の血の涙が凝りとどまっているような茜雲
茜雲を視つめながらわたしは立ち竦み

亦してもわからぬままに首をふり
人波の渦にまぎれてゆく
この都会の肌寒い初冬の夕暮に
一日の勤めを終えて解放の安堵に胸なでおろし帰ってゆく
人々の背を虚《うつ》ろに眺めながら
《火宅》という言葉を思い浮かべつつ
解けない問いを胸奥に抱えて
わたしはきょうもあてどなくあるいている

この同じ世界のそらの下で……

秋の《悲》の……

そらの海辺に残照が
仄かに映えた　そのあとは
ひっそりとした蒼い闇
その闇に　浮きつ沈みつ
溺れながら
愛する者の名を呼んで
手を振っている者がいる
板子一枚　下は地獄
そんな薄い世界の貌をみた夜は
涸れた心の奥ふかく

ただ　ひたすらに井戸を掘り
掘りつづける
けなげな民の夢を見る
戦禍で命を奪われた
隠れた国の父・母に
虚無の灯《あかり》を点している
ひもじい子らの夢を見る
朝めざめれば
けはい幽かな秋の風
蒼ざめた木の葉のゆれる
玻璃窓に
詰《なじ》るような鋭く光る《悲》の眼指し
？　ああ
黒い被衣《かずき》の
ほっそりとしたその姿

おん身
黄泉の使いの
神さまとんぼよ

秋扇霊異鈔

秋の貌を見たよ
秋の霊が女人《にょにん》の姿に化身して
枯野の原にひとりひっそり佇っている
秋の扇の絵姿の
どこか侘しく憂い気な
けれど気品の備った
かすかに頸傾けた秋の貌
眸の奥は碧《あお》く澄んだ湖《うみ》の色
謎めいた眼指をこなたにつと投げかけて

扇の要《かなめ》をからりと外し
潜り戸を抜け
忍びやかに枯野の径を去って行く
その背《せな》の艶やかさ
なんとまあ妙なる美しさ
思わず見惚れ手を差しのべて
秋よ　秋よ　秋の女人よと呼びかければ
おお　ふりむいたその貌は
ざんばら白髪の老婆の貌に変っている
六百年も生きのびた卒都婆小町の魂魄か
竹林をさまよい歩き野にさすらい
今の世に顕れ憑依して
魔性と化《な》った垂乳根が
その昔　下剋上の戦乱で
雑兵として狩り出され

命を落とした我が子を探し
我が子の名を呼び気が狂《ふ》れて
年経るままに心凄まじく変り果てたその姿だ
されば老婆の悲嘆こなたの心にずしりと落ちて
ああ　老婆よ　媼《おうな》よと呼びかければ
これまた怪し
こなたを　ゆらりとふりむいたその貌は
まだうら若い秋の貌
初々しい花嫁衣裳　角隠しに
身心《みごころ》包んだ一夜妻の秋の女人だ
束の間の婚姻色のとばりには
血染めの千の折鶴が果てしなく明けない刻《とき》を舞っている
さきの大きな戦争で
民の命を軽んじて国家を武力であやつる化物に
夫《つま》が囚われ　戦地に行って

幾年待っても帰ってこない
その夫の魂魄を探し求めて野に現れ
日を孕み氷《ひ》を孕み悲を孕んだ
女人の貌だ
明けないままに曙の紅一筋かすかに差す刻に
女人の姿した秋の霊は
あかい折鶴　ふところにひしと忍ばせて
うら悲しい背をこなたに向けながら
秋の扇の潜り戸をからりとあけて
いつしかもとの秋の扇の枯野にむなしく佇っている
おお　秋よ　秋よ　秋の女人よ幸いあれ
と心の内に念ずれば
心願紫雲の佛に届きしや
こなたをふりむいたその姿　ああ
南無観世音菩薩　あな不思議

鬼子母神と共に在るという
十羅刹女《じゅうらせつにょ》が空中に浮かんで顕れ
扇をかざし念誦《ねんじゅ》して
発止と十の扇を空に擲《な》げ打てば
あれよ　あれよ　ひとの世の地獄絵図が炙り出されて
蜃気楼があらわれる
紛争や災禍の絶えない世界の姿まざまざと
下天の変相ことごとく空に現れ
愚かな人類文明の末期がありありと浮かんでみえる
ああ　滅んでゆくよ亡んでゆくよ
ものみなは形なくほろんでゆくよ
方舟の帆影すらみえないこの世紀
いずこにお在すか
五十六億七千万年後に下生して
衆生をことごとく済度するという

弥勒菩薩の
おん姿

罪なき人々を犠牲にして

アラブの春が嵐になり
イスラーム！イスラーム！イスラーム！
おお　神への帰依を意味するその国々で
貧困と差別と抑圧の桎梏《しっこく》に民族・宗派の相剋が錯綜する
血の自由の戦いが限りなく連鎖する最中《さなか》
神の子が十字架を背負ってあるいたかの聖地で
迫害に抗《あらが》う自爆のテロルがあり
亦その報復で罪なき人々が災禍に遭った
読誦《コーラン》と旧約《トーラー》の神の大義を誤った　この
干戈の絶えない星に往み

《むなしい》と呟けば
《むなしい》と心の虚《うろ》に谺する
生きて在ることの拠《よりどころ》なきこの夕べ
静寂のなかに佇めば
わが周りに悍《おぞま》しい気配にわかに立ち籠めて
口の裂けた鬼面の群れや悪霊あまた跳梁し
火の玉がおどろしく飛び交って
わが身を脅し嘲り取り囲む
ああ　このいまわしい光景は
戦国の世も今の世も変らぬ相《さが》よと瞑目し
五蘊皆空　非有非空とひたすら誦ずれば
悍しい鬼面の群れや火の玉が雲散霧消し
いつしか闇に掻き消えて
寂莫としたこの夕べ
罪なき人々を犠牲にして

水惑星の一隅に今日も平穏に生き長らえ
なす術もなく生き長らえ
おまえは何をしているのか?
おまえに何かできるのか?
と世界の闇に耳開き
心の虚に言問えば
罪人の罪ひとつ噛むに似た　ほろ苦い
心の悔いを夕べのそらに映すよう
宙に吊られた酸漿色《ほおずきいろ》の月がでる

霊夢——たまゆら

腐蝕する夏
空の凹みに　ぐにゃりと溶解しつつ
巨きな金時計が浮かんでいる
為政者たちが驚いて振り仰ぐ
その空の下
古から今の世まで時の権勢に虐げられた人々や
謂れなく罪被《き》せられて密かに命消された人々の
無念の姿がまぼろしのごとく立ち顕れ
犇き合って
歴史の淵から這い上がり

飢餓の茶碗・泥の陣笠・筵旗・深編笠や黒頭巾をふりかざし
為政者の弾劾を叫んでいる
腐蝕する無数の権力の灰汁《あく》
が堆積する列島の夏
とそのとき　ふと誰か？
外の世から風の気配がして
そばを通り過ぎてゆくものがいる
ぼうっとした光につつまれて
西行か漂泊の芭蕉のような
なにごとか念誦しつつゆく
さだかではないその姿

《一度生を受け滅せぬ者のあるべきか》*

おお　それは

百代の滅びの夏をめぐり
生きて死ぬれば現世《うつつよ》にふたたびは逢うことのない
愛別離苦の魂きわる命が宿した世の縁《えにし》
久遠に腐蝕することのない
愛の絆の追憶を胸奥ふかく形見に秘めて
権謀術数の虚しさ　と
無常の相《さが》を閲《けみ》してきた
遠い世の隠者の姿であった

霊夢――たまゆら

＊幸若舞、謡曲、敦盛「人間五十年、下天の内をくらぶれば夢まぼろしのごとくなり、一度生をうけ滅せぬ者のあるべきか」の一節から。

流人列島

万象の盛衰閲《けみ》して七十年の季[*1]は巡り
さきの大きな戦争で命を失くした霊たちの
禍々しい記憶がよみがえる
この列島の暑い夏
北の果てから南の岬に列島は
民の命を守るという偽計絵図を染め抜いた
仮初の景気の幟がはためいて
権力の魔手が烙きつけた衆愚の痣を浮き彫りに
ここかしこ　流罪の民がひしめくようだ
乱世に生きた一休禅師の御姿が幻のごとくふとよぎる

「銭に霊神あり十万貫[*2]」
（貨幣の霊妙な威力に仏法すら身売りする時世）
と禅師が嘆いた世から五百年経た時は今
御佛の智慧を離れて権力の座に恋慕する
民を忘れて名利に走る浅はかさ
まして目先に眩むは凡そひとの世の慣い
衆生迷夢の暗闇に　あかあかと松明照らし末世視よ

おお　心に響くその偈頌《げじゅ》にありありと　目覚めたひとには視えるのだ
ここかしこ　権力の座に拉《ひし》がれた
流罪の民の心を塞ぎ覆うように
列島の杳冥《そら》に今し数しれぬ風船爆弾[*3]があらわれて
不気味に漂い流れはじめている
まことの生の哲理のたましいを見喪い
その蛻《もぬけ》の皮で膨らんだ危険な風船爆弾が流れている

万象が露命を宿す青葉嫩葉《わかば》の季は巡り
権力の性を咎める英霊の呪詛の声が立ち籠める
この列島の暑い夏

＊1　季は数え七十年の忌に掛けたもの。
＊2　日本思想体系「中世禅家の思想」29（岩波書店）から引用。
＊3　日本が第二次大戦中、アメリカ本土を爆撃するために造った兵器。

晩鐘

暮方ノ空ノ湖《ウミ》ニハ
大主ノ金ノ鱗ノ魚ガイテ
姿ヲアラワシ
光彩陸離ノシバシノ間
魚ノ童ラヲツドラセテ
下天ノサマヲカタルノダ
アレ　ゴラン
彼方ヲ望メバ内戦紛争ノ絶エマナク
民族ノ覇権アラソウ相剋ニ悪霊アマタ跳梁シ
血ヲ血デ洗ウ災イ果テシナク

飢餓ノ闇　恐怖ノ斧ニ囲マレテ
平穏ナ日々ノ生活ヲ請ウノミノ民ハ塗炭ノ地獄絵図
此方ヲミレバ民ヲミナ衆愚ノ輩ト侮ッテ
法ヲ蔑ロ《ナイガシ》ニ禍根ヲ後ノ世ニノコス
権力亡者ガ跋扈《バッコ》シテ
民ノ世ヲ軍産複合体制ノ富国強兵ノ世ニモドシ
言論封殺ヲ企テル
時代ハズレタオゾマシサ
下天ミナ権勢オゴル世ナレドモ
イズレ栄華ノスエハ烏羽玉ノ
夢魔ノ渚ニ水泡《ミナワ》ノゴトク消エテユク
愚カシク儚イモノヲ　トシカジカニ
夕虹ノ滅ビノ橋ニ居並ンダ
魚の童ラ　肩寄セアッテ口々ニ
アア　ナニユエカクモアサマシキヒトノサガヨ　ト憐レメバ

マワリニイツシカ　ヒッソリト
命薄クシテ身罷ッタ
キヨラカナヒトノ童ラ寄リツドイ
酸漿色《ホオズキイロ》ノ星ヒトツ
瞬キ交ワス星ヒトツ
手ニ手ニモッテ　タダ言モナク涙グミ
祈リノ灯火《トモシビ》カザスノダ
遠ク幽カニ響ク
晩鐘

遠い愛　あるいは自由という名の幻

自由！　ああ　それは
人類に仕掛けられた仮構の罠
しかし　なんという明るい響きを持った罠なのだろう
虚空の奥処に方舟のように現れて
光って消える蜃気楼《かいやぐら》
たとえれば　それは人類愛の原郷を慕うものを欺く
佯狂の神の住処　あるいは
幻の宴《うたげ》の幕屋だ
きょうも世界のニューズでは
自由を求めて戦う人々の姿が映しだされている

万物の新生を契約として
方舟に選ばれたはずの人の末裔が
今　血の戦いをくりひろげ
飽くなき悪霊の仕業がこの世界を席捲《せっけん》している
仮初の正義　擬勢の自由には
人々を惑わす見えない罠があり
民族や宗派もろとも陥《おとしい》れる奈落があり
その淵から這い上ってくる人々の
傷つき斃れながらなお救いを求めて差しのべる手
だが　差しのべても差しのべても
触れたと思えば忽ち儚く消えてしまう
——遠い愛
愛の幻の形代《かたしろ》に魔性のささやきが憑依する詐術
ああ　自由という名の幻の在り処に仕掛けられた
神の名のもとにくりかえす殺戮

神を虚妄の形代と化したその戦いに大義はない
遠い愛　──自由という名の仮構の罠
それは　精神のぬけおちた文明を操り自ら崩壊する
奢る人類への創造主・神のせめてもの贐《はなむけ》なのか
それとも神の意志に背いた人類への断罪なのか?

Ⅲ

月霊

月の霊《すだま》は女人の性《さが》
身を捨てて命を産む
差別なき愛の無償のかたちだ

日輪を指して
幻と呼ぶ
隠れ里の間道をぬけた
入江から
ひっそりと　今宵も
舟がくりだされる
金色《こんじき》の　月の霊が
今生の訣れに手をふりながら

波の間に
浮きつ沈みつしている
沖へ

月も日も
人のいのちも
究竟《くきょう》は
一瞬の時の揺らぎ
その垣間に
現れて消える
幻の像かもしれない

たとえばそれは　この束の間
アメリカに生まれたかったのに
アフリカに生まれた

神の思量《はかり》の誤差かも知れぬ
運命の　仄暗い産道をくぐりぬけ
後生にはふたたびまみえることのない
母の縁《えにし》の緒をほどき
女人の悲しい性を孕んだ
月の霊の姿形《すがた》と化《な》って
綿津見にあやうく溺れている
惨い
時の影なのだ

今宵も
菰を被った人と
柩をのせて
日輪を指して
幻と呼ぶ

むかし貴人が隠れ住んだという里の
奥処《おくが》へぬける
入江から
波間に溺れた　金色の
月の霊を捜しにゆく
舟がある

寓話　地霊と蚯蚓と兵役を拒否した勇者

——春の　地霊はともかくうやうやしい
今しも蚯蚓《みみず》一匹が地霊に庇護されて
地中海文化形成のほとり
人類の危機に忽然と姿を顕すという
とある僧院に向かってゆくところだ

地中の幽暗にひっそりと
原初の愛　太古のヒトの愛の根が
息づきながらこもっている

古代エジプト・フェニキア・ギリシャ・ローマが支配した栄華の夢の跡
今二十一世紀　独裁者の惨虐な弾圧に蜂起するアラブの民
血で血を洗う自由への渇望と悲しみの春
おお　そして彼のラーゲリさながらガザを囲む民族分離壁
国なきペリシテの民を襲うミサイルに報復する憎しみと絶望と自爆テロの春
地中海文化形成のほとり
蚯蚓鳴き　涙流して眺める向こう
ゴルゴダ（頭蓋）の丘からやってきた
兵役を拒否した若い勇者の影が蒼い幻をひいてゆく
かつて暗黒大陸と呼ばれたアフリカの北岸と
ヨーロッパ南岸・アジア西岸にはさまれた海
地中海文化形成のほとり
きみは知っているだろうか
そこは貨幣と武器をもたない人類の始祖たちが抱いた大きな理念
小さな原始世界共和国政府があった場所だ

されば銃を捨て　兵役を拒否した若い勇気の人よ
きみの知と感性のペンで
武力に拠って権威を称えるすべての国家の絶唱を射て！
民族の精神に吸着し麻痺させるコバンザメ
そのあやかしの面貌を撃て！
世界の若者がきみのすがすがしい愛の理念を殺める狙撃兵とならぬために

地中海文化形成のほとり
今しもたどりついた僧院を前に
地霊に寄り添い
蚯蚓一匹が直立し
盲目の瞼に涙を溜めて
うやうやしく
きみに敬礼しているところだ

《註釈》

本作品は、18歳で男女共に兵役義務を負うイスラエル国の一青年が、兵役を拒否して国外に逃れた報道をモチーフの背景として制作した。

時禱

知は権力である（ミシェル・フーコー）

世界は大きな夕焼けの襖
その向こうにはどんな風景があるのだろう?
あるとき　わたしはその襖を開けた
すると　そこは死の棘が蠢く深い暗闇
だが　その帷《とばり》を透かして仄かに
憂いげな顔が浮かんでみえた
世界を愛し　身を焦がしつつ世界を去った
ロラン、トルストイ、ガンジー*の顔だ
古典的な　あまりに古典的な

と賢しらな知者の声がした
その方向には
知の戦略と名付けられた公園があって
かろやかに回転木馬がまわっている

――きのう飢餓の国で戦争が起きた
――きょう豊かな国で餓死者があった
禍々しい世界　荒んだ世相
それらはすべて遠い時代の茶色い幻像
茶の間ゲームの一幕だ
と遊戯が思想の主題となった
ノンシャランな現代知の公園だ
ほらほら　明るく笑い手を振っている
意匠学のジレッタント
修辞学の魔術師たちで

回転木馬は満席だ
まわれよ　まわれ回転木馬
木馬が鈴を振り鳴らす
ノンシャラン　ノンシャラン
あれあれ　いつの間にか
鼓笛隊までやってきた
しるよしもない子どもらを引き連れて
波濤逆巻く世界の崖へ向かってゆく

わたしは吐息と共に闇を閉じ
ふたたび夕焼けの襖に向かいながら考えた
《わたしに　どうしてあの人たちを詰《なじ》ることができるだろう?
わたしとて　しがない一市民
束の間にせよ不安な枷から逃れていたいのだ》
それなのに　《ああ　誰か今》

とわたしは思う
この死の棘を愛の籾の苗条に変える
真の叡智に目ざめた人はいないか？
大いなる知性と香しい感性とが抱擁し合う
瑞々しい詩韻をもった人はいないか？

世界は大きな夕焼けの襖
わたしはその襖に思い描いてみる
晩鐘に祈禱する農夫ロラン
種を蒔く農夫トルストイ
麦を踏む農夫ガンジー
ああ誰か今　彼の人たちに夕焼けの中で魂合い
たとえ名利の兇弾に斃《たお》れても
愛の背理法を説き明かし
時代を超えて時代を思う

目ざめた新しい人はいないか?

＊　ロラン＝ロマン・ロラン。トルストイ＝アレクセイ・トルストイ。
ガンジー＝マハトマ・ガンディー。

春は曙ならぬ真昼時

またもヒトゴロシという花の夢を見ました
――ゆうべ世界のニューズで知った
アラブの民族の流血の春
惨虐なその紛争のせいでしょうか
黒い種子をびっしりと面輪につけた
黄泉に咲く向日葵のような
轆轤《ろくろ》首を思わせる茎のひょろりと長い花です

春は曙ならぬ真昼時
醒めては微睡《まどろ》む夢の中

戦禍の響きがふと絶えて
人生の楽屋裏で奏でている
〽空にさえずる鳥の声[＊1]
あの歌はなんという楽曲だったでしょうか
うつらうつら転《うた》た寝の
陶酔の幕を破って不意に
往来から邪魔がはいってきました

こちら廃品回収車です
ご不用になりました××や○○などございましたら
遠くの方は手をあげて……

ああ手をあげて　うつらうつら夢の中
わが身をあずける誰かを切なく呼んでいる
春は曙ならぬ真昼時

耳許で　ふとささやく声がする
青畳の上　ただ「美《うるわ》しき天然」[*2]の
素裸の嬰児にかえって
煩悩の衣を脱ぎ捨てなさい
それが〈生〉の本源というものなのですから
春は〳〵桜のあや衣[*3]
ほのぼのとあたたかい　そのふところに
そなたのいのちをあずけなさい

ほほほ　と笑いながら
ヒトゴロシの花がいいました

＊1　旧小学唱歌「美しき天然」の冒頭句。
＊2　題名。（日本人によって作られた最初のワルツ曲　「作詞・武島羽衣　作曲・田中穂積」）
＊3　歌詞の部分引用。

Ⅳ

敗戦忌

簾ごしに嘶《いなな》きがきこえました
おお　青！
青よな
泥に塗れた馬の顔が
ぬっと　硝煙《けむり》の中から現れて
灼《や》けたそらに
煤けた昼の月が
ぼんやりと浮かんでいました

忘れられた

日暦の網膜から
敗戦忌が　ヒラリ
人知れず剥離した
――その日
颪は　ひねもす
きな臭く
国中に吹いておりました

八月　地と海と空と

1　夢魔の橋

復興した賑やかな街中に
影のない影の人たちが
とつぜん現れることがある
すると時空は
俄に虚の世界に反転するのだ

影のない影の優しい女《ひと》が
影のない影の日傘を挿《さ》して
ガランとした廃墟の町をあるいてゆく

(誰か気づいた人はいないか?)

一瞬の閃光で
地表に灼きついた
影?
いや死児の姿形《すがた》が
そのとき不意に
影のない影の優しい女《ひと》に向かって立ち上り
オカアサン　オカアサン　と
たどたどしく追ってゆく

一瞬の閃光で
恐怖の空白につつまれたまま異界に消えた
影のない影の人たちには
死の記憶がないから

今も　そうして
世界の裏側から
幽明の竟《さかい》
夢魔の橋をわたってゆくのだ

2　八月の海

紺碧の海を映して雲が湧く
夏の渚に佇めば
耳朶熱く
かなしみの姿色《すがた》が見えてくるのだ
（導火線が　どこかに
　ひそんでいるのだろうか？）

〽七ッ釦は　桜に錨＊

ふたたびは戻らぬ青年の面影が
陽炎のように　瞼裏に揺れている

海の底では
鉄錆びた艦床に並び
貝たちが　おんおんと
ひねもす読経しているそうだ

＊通称、予科練と称される海軍飛行練習生の制服。

3　そしてある夏

藻塩焼く海辺の
そらの道を
白装束の巡礼者の群れが

ひっそりと　わたってゆきました

そのときです
韻々と　鈴の音が鳴りひびき
そらに　くっきり
卍《まんじ》崩しの組子となって
青い渦がつぎつぎと
葬列のごとく顕れたのです

それは　まるで人類の消えない
罪の痣にみえました

記憶の咎

――十二月八日*

天満宮に参拝しました
思いおこせよ梅の花　と
菅公は詠いましたが
季節はずれの蜩の声が
海馬の奥処で狂おしく鳴きしきり
ハタと止みました
痛ましい言霊が　そのとき
幽明の門を潜って行ったのです

時は霜枯れ

足許のけはいに目を遣ると
病葉《わくらば》に座し
遠い地平に向かっている
空《から》のまなこが双つ
記憶の咎を虚しく映しておりました
もはや人々の噂にもならぬ
極月の影のうすれた夕べのことです

＊一九四一年（昭16）十二月八日未明（日本時間）に、日本海軍がアメリカ海軍の根拠地パール・ハーバー＝真珠湾を奇襲、太平洋戦争が勃発した。

密林そして幻

——敗戦七十年忌に

（戦い敗れて幾日か）

ある日
浜辺に上った魚を小枝に刺した三人の兵が
密林に向かって行った
地雷はなかった
火を起こし魚を焼き額を寄せて貪り食った
だが飢えは日ごとにつのり
狼牙のごとくに襲いかかった

（戦い敗れて幾月か）

ある日
頬瘦《こ》けた素手の二人の兵が
悄然と密林の中に戻って行った
敵影はなかった
時に蚯蚓・鼠・蜥蜴を捕え蛇を食った
しかし極限の飢えが
日ごと狂気の鋭い銛となった

（戦い敗れて幾歳月）

ある日
蓬髪襤褸の一人の兵が
密林の奥からよろよろと現れ渚に立った
上陸用舟艇は見えない
それなのに恐怖と飢えがついに彼を唆した
渚に坐し　遙かな故国の空を仰ぎ

顳顬《こめかみ》に銃口を当てたのだ

飢餓は命の極み
心に棲むは人と獣
《この身を糧に生き延びよ》と言い遺した
哀死した戦友の肉は食わなかった
と誰が証してくれるか
信ずるも道理
信ぜぬも道理だ

（戦い敗れて七十年）

われ南方の天に跪拝し
神の義についてその証を問う
彼らに与える譬喩のパンはありしやなかりしや？

V

百鬼夜行の世界の闇に冥府の雨が降っている

——国家論詩説鈔録

冥府の雨が降っている
百日百夜とぎれなく冥府の雨が降っている
この世ではない次元空間から降る雨だから冥府の雨は目に見えない
見えないけれど暴虐が地に満ちた世界に隈なく降っている
自由の海の民の末裔パレスチナにも降っている
旧約《トーラー》の神の国の選民イスラエルにも降っている
旧約の神の国の政略は非道で無慈悲だ
地つづきの二つの民族を隔てる分離壁
さながらアウシュヴィッツの強制収容所を思わせる

その壁の上部金属フェンスには電気が流され乗り超えられない
感電して神に献げる犠牲《いけにえ》の丸焼になってはたまらない
自由の民は食糧すら不自由でままならない
地下道を掘り潜りぬけて往き来する
見つかったらお陀佛だ
ある日抗議の自爆テロ・ロケット弾が旧約の神の国をおびやかす
とすかさず見境のない空爆・ミサイルの報復に
無間地獄が現出する
この世の無間地獄に冥府の雨が降っている
冥府の雨の縫目から　きれぎれに
あどけない幼い娘の声がきこえてくる
《オカアサン　ワタシノ顔ドコへ
　トンデ行ッタノカシラ？》
《いつも添寝していた母娘《おやこ》だもの》
——と魂の母が応えている

《きっと吹きとばされたわたしの
　胸乳のそばでしょうね》
統治国イギリスの二枚舌外交が招いたイスラエル建国
——二十世紀の負の遺産
パレスチナとの間の悲劇は人類史上のぬきがたい棘だ
だから冥府の雨に閉ざされて
イギリスの首都ロンドンの霧は晴れない
冥府の雨が降っている　ざんざんと
イギリス連合王国の盟友・イスラエルの同盟国アメリカ
奴隷解放の自由の国アメリカにも降っている
国益[*1]は国是である　と超大国アメリカ合衆国政府が宣言する
国益という言葉には世界の民を誘惑する麻薬が染みこんでいるから
たちまち世界中の国家に国益の教書が伝播する
世界三大洋の上空に国益を染め抜いた万国の旗が翻る
万国旗だ　万国旗だ　万国旗は人類平等・人類無差別の証しの旗だ

折しもことしはキング牧師が演説した[*2]ワシントン大行進から五十年の記念の年だ
——私には夢がある
冥府の雨の烟る奥からキング牧師の声がする
長男キング三世がまさしくワシントンで演壇に立ったこの日この時に呼応して
国連本部を取り囲む喪の色をした行列がニューヨークにあらわれたのだ
キング牧師を先頭にその誰もが首を垂れ
万国旗を弔うように三角巾を額の上に貼っている
(おやおやこれはまるで日本の喪の日の風俗だ)
だがその姿はニューヨークの民の目には映らない
ひときわ高く自由の花火がドドン　ドーンと三大洋の上空に揚がる
世界自由大運動会の幕が切って落とされたのだ
おお　万国旗の下で互いの国益と国益が綱引きをしている
いや擬勢の平和と平和が綱引きをしているのだ
冥府の雨が降っている　ざんざんと

平和の擬態を演出する世界の闇に降っている
冥府の雨の縫目からもう一人の足を吹きとばされた魂の少女の祈りの声がきこえてくる
《神さま　どうぞ世界中の国家がこの雨の大洪水で悉く水没してしまいますように
そしてふたたび山上に人類を救う箱舟が浮かんで現れますように》と
それでも国家は消え失せない
悪徳の栄がじめじめと黴のように世界中の国家に蔓延する
国家とは何か？
その存在が民に首枷足枷をして成立する巨大な収監装置のことである
その強権で民の意志を拘束し保護の名目で民から財の収奪を図り
財の配分によって種々権力保全の方策をめぐらし民心を掌握しようとするが
究極　己が保身の砦を害する策は決して好まず
生誕と同時に国家の為という大義名分を民の首枷足枷に刻印する権力構造のことである

また魔性の鋭い嘴をもった双頭の鷲である
一つの嘴は服従しない者を敵とみなして食い殺し
一つの嘴は国を襲い侵略する者から民を守る盾だという
だが国家は民を守らない
民をして国家体制・支配階層を守る盾となすのだ
故に国家権力は国境なき知と愛の全人的具有者とは背反する
故に国家権力は国境なき芸術家なかんずく詩人とは対極の磁場にある
故に国家はかかる民の籠絡を計る
《御用学者・御用芸術家を登用し一旦緩急に備えて保護育成せよ
与《くみ》する者には褒賞を授け反して体制に背く不逞の輩《やから》は追放しあるいは口を封
印せよ》
民にとって国家とは何か？
権力構造に仕組まれた強大な脱れ難い運命の枷である
冥府の雨が降っている　ざんざんと

イスラーム「神に帰依する」諸国に隈なく止めどなく降っている
パキスタン・アフガニスタンの空を襲う根拠あいまいな米軍無人機の誤爆攻撃
殺戮された民間人の悲鳴が冥府の雨を突いてくる
冥府の雨は西南アジア屈指の産油国イランにもしとどに降っている
イランを悪魔の枢軸と罵ったアメリカと
アメリカを大悪魔と罵ったイランが接近したと新聞が報じている
《またね》
《ありがとう》
……何が？
イラン核開発をめぐる応酬はまだ藪の中だ
冥府の雨が降っている　ざんざんと
エジプトにも降っている　独裁の王が立て籠るシリアにも降っている
独裁とは何か？
暴虐者による暴虐者のための暴虐の極道
民を人柱としたピラミッド錐形の頂点に君臨する暴力的人格のことである

アラブの春の闇は混迷が深まるばかりだ
冥府の雨が降っている　ざんざんと
石油の利権を目論む大国のどす黒い腹中に降りそそぐ
紛争があればすかさず介入する世界の警察を自任するアメリカ
イラクへの侵略を十字軍に譬えた大統領ブッシュは去ったが
その十字軍を逆手にテロルが出没して
イラクはいまも百鬼夜行の闇の中だ
《それでも民主主義国家になったのではないか?》と
陽気な日本人記者が質問する
《へえっ——　そんな実感は全くないね》
と顎鬚の市井の民が答えている
人類と世界への良心を荷って登場した大統領オバマはノーベル平和賞を胸に苦
　悶する
せめて悪名高いグアンタナモ収容所を閉鎖しよう
捕虜を家畜扱いにしたアメリカ軍兵士

その嗜虐の遊戯がいつまでも世界の空の鏡に映って消え去らない
失われた人間の自由と尊厳に自由の女神は困惑している
友好の記念にフランス共和国が贈った銅板張りの巨大な石像
世界遺産の文化遺産に冥府の雨が降りそそぐ
フランス共和国にも降り濯ぐ
冥府の雨が（〈地獄の門〉）[*3]に降りしきる
イラクからシリアへ地獄の民の連鎖する呻き声がきこえてくる
《化学兵器を使用した殺戮は許さない　制裁する》と
自由の女神ならぬ大統領が拳をあげて宣言する
三色旗《トリコロール》を掲げた国家が直ぐさま賛同する
――自由・平等・博愛の証しなのか？
ピカソの「ゲルニカ」[*4]が画布を顫わせ哭いている
だが風雲急を告げる情報に大統領は立往生だ
シェールガス・オイルの革命がアメリカにはじまったのだ
世界屈指の産油国アメリカ！　の呼称は今や目前である

《アラブの石油利権は不要ではないか　国際法違反の介入には疑義がある》
聖火に擬して振り翳した拳はどうしたらよいのだろう?
良心と政略の迫間　去就の秤に揺れながら
大統領は（(地獄の門)）の欄間に籠り（(考える人)）[*5] の姿で苦悩する
平和か介入か?
だが世界の警察の味も忘れられない
兵器は消耗更新しなければ兵器産業は衰退する
あれか　これか?
ハムレットの亡霊が夜な夜な現れ大統領は眠られない
《この時いま　世界の警察は国益に叶うことなのか?》
しばし　判断中止だ
休息《くそく》万歳〜
冥府の雨が降っている　ざんざんと
ロシアにも降っている
韓国・北朝鮮にも降っている

中華人民共和国にも降っている
《千々に引き裂かれた無法の島嶼
《踏み入ればけたたましく鳴る爆竹の小島
《拉致された悲哀の絆
《尖った隣人愛（釣り上げられた憎悪）

ああ　孔孟老荘子の思想の産道に冥府の雨が降っている
暗闇に紛れて妖怪が徘徊しているのだ
ミイラ取りがミイラになる思想の迷路に蔓延する腐敗
収賄者は極刑にせよ！
それでも官僚腐敗・地方に隠れた権力の利権は跡を絶たないのだ
ついに全人民代表大会が紛糾する
動議！　動議あり！　とひとりの代表者が起ち上った
おお　すると彼は見る見る巨大なゴキブリに変身しているではないか
議場騒然　しばし暗転　灯りがつくや

見よ　全人民代表のことごとくゴキブリに変身していたのだ
《われわれゴキブリ共和国人民は》と動議者が言う
粉骨砕身　漢方薬剤となって人間に貢献している
身は人類の犠牲になっても　われわれは同類のゴキブリは殺さない
しかるに人間は人間を殺戮する
人間とゴキブリと何れが神の理念に叶っているか？
いずれが理性ある動物なりや
われらの雄大な思想の実験が成功しなければ世界に平和は訪れないのだ
真の「マルクスへ帰れ」[*6]
一斉に賛意の柏手が起こる

冥府の雨が降っている
中華人民共和国の首都北京に降っている
ニューヨークの二卵性双生児　金融貿易センターを擁する香港島にも降ってい
る

膨張する〈資本〉の島
夢みる無政府資本主義の未来拠点に冥府の雨が降っている
中央政府の圧力には透かさず「加倍奉還《かばいほうかん》（倍返し）だ！」と叫ぶ声が反響する
だが富の格差は増幅するばかりだ
〈欲望〉は理念を超えた〈資本〉の〈人格〉そのものだからである
〈欲望〉がついに醜悪な〈生き物〉に変身するときがくる　その時
たとえ国家が滅びても〈欲望〉は〈権力資本〉の姿に化身して生き残るのだ
国家を私物化し国家を超えて屯《たむろ》する〈権力〉とは何か？
文明の飽くなき悪しき情念が生んだ弱肉強食の肉汁に浮かぶ人類根源の灰汁《あく》で
　ある
灰汁の権化である

冥府の雨が降っている　ざんざんと
日本列島に降りそそぐ
茫々と烟る冥府の雨の簾を透かして悲運な時代の詩人の姿が見えてくる

「天皇危ふし」[*7]
――然り国家は民を守らない
死者約十万の東京大空襲
それでも国家体制を固守して交戦した権力構造のおぞましさ
日本各地に燎原の火のごとく拡がった空襲災禍の痛ましさ
沖縄の民の自決
広島・長崎の身を灼く閃光！
が夢魔のごとくに詩句と共によみがえる
「まことをつくして唯一の倫理に生きた」[*8]
「愚直な生きもの」[*9]
「愚劣の典型」[*10]の慚愧の姿を照らし出す
――詩筆を折った英明な詩人西脇順三郎は知らず
翼賛詩人はみな雲隠れ　曚朧として霧の中
と思いきや　日本文化伝統の（あいまいな美徳））の免罪符が貼り出され
名だたる詩歌句の歴々が　闇市場のいまだ硝煙臭う回廊の薄暗がりから

光を帯びて立ち現れ扨てもめでたく宗匠の席に着座して
光太郎ひとりが冥府の雨に打たれながら歴史の土間に坐っている
切り割いた隠れ腹を血染めの白い布できりりと巻き
自責の念に耐えながら瞑目しつつ今の世を危惧しているのだ
（〈西暦二〇一三年　知と愛の詩人はいま何をしているのか？〉）と
おお　そこに燦きながら降りつもることば
「詩人にとって決定的な立場は亡命だ」
というパレスチナの思想家エドワード・サイードのことばに添えて
『軍港』[*11]の詩人は〈地方的であること〉について語っている
「中心的な権威から想像力を移動」させて〈周縁への亡命者になることでしょう〉
と
そのことばが一筋の明かりのように降りそそぐ
愚直で誠実な光太郎の肩に降りそそぐ
光太郎の瞑想が神の箴言のようにとどいてくるのだ
（〈日清・日露の戦捷からひとしお軍靴の音が高鳴った国家権力構造の強化を惟

う
時流の渦に知らず識らず巻き込まれていった詩人に時代を解析する智慧は
　あったか
ああ　彼らの罪を問うな　問うならば
われ悟らず彼らを悟らしめず日本文学報国会詩部門を束ねていたこのわが罪
　を問え

さりながら愛する詩人よ　戦後日本は民主国家になった――現代
去就は一人々々の責に帰す時代なのだ
詩人よ　智慧に目覚めてほしい
権力構造組織に靡かず　権力者に隙を与えず
そしてふたたび〈わが轍を踏むこと勿れ〉）

冥府の雨が降っている　一際しげく
日本列島に降りそそぐ
大日本帝国の忌わしい歴史の亀裂からふたたび姿を現したのだ

民から目と耳と口を奪い去る秘密の愚民政策を懐中に民主国家の土台を蹂躙する
和製「鈎十字」[*12]のゾンビが上陸してきたのだ
折しも世は五輪囃に笛太鼓
湧き立つ歓声　逃がしてならぬこの好機
看板景気の御輿の列にゾンビの黒衣が紛れ込み
千鳥ケ淵を素通りして
知られぬように靖国へ靖国へと誘導してゆくのだ
ああ　靖国に冥府の雨が降っている
国家権力に囚われて靖国にありながら神にもなれず故郷にも還れぬ英霊の
咽ぶ声がきこえてこないか

冥府の雨が降っている
暴虐が地に満ちた世界に隈なく途切れなく降っている
地軸の極点　南極・北極にも降りかかる

人類最後の無垢の砦いや欲望の砦に降りかかる
すでに探検隊の国旗が其処彼処《そこかしこ》に立っている
国旗は国家領土主権の魁なのだ
《世界全体を単一国家に組織しよう　全人類をその一国民とする連邦政府の樹
　立を！》
と　C・ストレートは世界から悲惨な戦争を無くそうとして提唱した
が人類根源の悪の権化である彼の（(夢魔の生きもの)）が直ぐさま動きだすの
だ
政治・経済の国家間対立を根城に領土主権のバクテリアが両極大陸に増殖する
だろう
地球資源が尽きはてるその日まで未知なる資源の探査と発掘に群がって
国益と国益が綱引きをはじめるのだ
《こんな世界の国家は皆この雨の大洪水で水没してしまいますように　そして
　再び……》
冥府の雨の裏から見える杳かな遠い雪原に彼の少女が跪き祈っている

少女の願いはとどくだろうか
時空を超えた億年の地球のまぼろしの相貌を幻の少女は視ているのだ
神の遣わした宇宙船が極地の上空にとどまっている
（何を諮っているのであろう？）
するすると光の梯子が降りてくる　が地には届かない
その下で権力者のムレと追従する科学者のムレが
我先と虚空を掴むかのように手を挙げ蠢き合っている
太陽系外に脱出してさ迷える宇宙の民になろうというのだろうか？
そこに幾億十万の人類の姿はすでにない
ならば悉くあのムレは……？　なおも権力にしがみつく妄執の亡霊であろうか
（人は死して粒子になる）とアインシュタインは語った
さすればその粒子とは魂の塵だ
宇宙の塵が蘊《あつ》まり凝結して億年の後に星雲となる輪廻の……
幻の雪原の涯の宙空に墓碑銘が蜃気楼のごとく浮かんで視える
〈墓碑銘〉

太陽が滅び進化のはてに赤色巨星となり白色矮星と化した　その億年の大昔
太陽系の惑星（〈地球〉）に人類という生物が住み
他に比類なき智能を具有し　火星を探査し月に資源を漁り
宇宙を往来するほどの科学の枠を極めたが
文明から精神を欠落して五蘊皆空を悟らず
権力者のムレが互いに国家を樹てて領土と富を諍い
そして遂に夢魔の生きものと化し
　漂える宇宙の塵となった
とある　大いなる超越者の鏤刻かも知れぬ
その墓碑銘に向って
宇宙の摂理のように日々時に顕れる光景がある　あれは
いかなる民のまぼろしであろうか？
白無垢の衣を纏った白い影たちが発って行く
〈般若波羅蜜多　波羅蜜多
〈六根清浄〜

と唱えながら
空の空のまた空へ白いまぼろしが向って行くのだ　南無。

（註釈）

＊1　国家の利益を意味する国益（ナショナル・インタレスト）の概念は封建時代からあったが、民族国家の登場以後、大国主義の台頭に伴い、近年、特に強調する傾向にある。アメリカの政治学者H・モーゲンソーはこの概念の確立者である。（「ブリタニカ国際大百科事典」ほか参照）

＊2　黒人の公民権運動指導者。一九六三年「私には夢がある」という演説を行って人種差別撤廃を目指す人々に勇気と希望を与えた。ノーベル平和賞受賞。一九六八年暗殺される。（「ブリタニカ国際大百科事典」）ほか参照）

＊3　ロダンの大作。

＊4　ピカソの代表作の一つ。スペイン内乱で、ナチス・ドイツ軍が無差別攻撃を加えた都市「ゲルニカ」の悲惨を描いた絵画。（「広辞苑」ほか参照）

＊5　ロダンの大作。「地獄の門」の一部。

＊6　張一兵（南京大学哲学部教授）著・中野英夫訳の書名（全六百八十頁）。（情報出版）
＊7　高村光太郎の詩作品「真珠湾の日」の冒頭句。
＊8〜10　高村光太郎の詩作品「典型」からの引用詩句。
＊11　石原武氏の第一詩集名。
＊12　かぎ十字（ハーケン・クロイツ）。ナチスの党章。一九三五〜四五年にはドイツ国旗に用いられた。右鉤で、右まんじとも呼ばれる。（「大辞林」及び「大辞泉」から要約）
＊13　仏教用語。五陰《おん》ともいう。物質・精神より成る人間存在の5つの局面または構成要素。（略）仏教では、あらゆる因縁に応じて五蘊がかりに集って、すべて事物が成立しているから五蘊仮和合、五蘊皆空と説かれる。（「ブリタニカ国際大百科事典」から抄出）5つの構成要素とは「般若心経」の経文にある（色・受・想・行・識）のこと。

あとがき

人類の歴史の過去と現代を俯瞰し、未来を予見する力を培うひとりの物書きが生きた時代の証を遺したい、と思い本詩集を編みました。その世界構造の変遷に応じた思想の発見と表現の創造こそ、現代芸術（詩文学）の《不易流行》だと思いますから。本書を掌にして戴く方に、聊かでもその思いが伝わることができますれば幸いに存じます。

略歴

尾花仙朔（おばな　せんさく）

一九二七年生まれ。

一九五八年版『荒地詩集』に参加。詩誌「世界像」（岡崎清一郎編集）・詩誌「海」（鈴木漠編集）・「詩と創造」（丸地守編集）・塚本邦雄撰歌誌「玲瓏」・「ココア共和国」（秋亜綺羅編集）などに主要作を発表。現在詩誌「午前」（布川鴇編集）同人。

詩集に『縮図』（晩翠賞）、『おくのほそ道句景詩鈔』（宮城県芸術選奨）、『黄泉草紙形見祭文』（地球賞）、『有明まで』（日本詩人クラブ賞）、『春靈』、選詩集に現代詩文庫『尾花仙朔詩集』がある。

現住所　〒九八一－〇九〇四　仙台市青葉区旭ヶ丘四丁目三十四番十二号

晩鐘《ばんしょう》

著者
尾花仙朔《おばなせんさく》
発行者
小田久郎
発行所
株式会社 思潮社
〒一六二－〇八四二 東京都新宿区市谷砂土原町三－十五
電話〇三(三二六七)八一五三(営業)・八一四一(編集)
FAX〇三(三二六七)八一四二
印刷所
有限会社 トレス
製本所
小高製本工業株式会社
発行日
二〇一五年九月二十日 第一刷
二〇一六年四月二十日 第二刷